UM PEIXE NAS ALTURAS

STELLA MIRANDA

UM PEIXE NAS ALTURAS

STELLA MIRANDA

1ª EDIÇÃO

2023

NUMA

para Filomena Firmeza

E os agradecimentos aos meus primeiros leitores/ouvintes:

Alice Sant'Anna
Roberto Kaz
Nicola Worcman
Alice Kaufmann
Veronica Sabino
Ana Madureira
Camila Dias

SUMÁRIO

Prólogo p. 9

Dossiê p. 11

1. Minha Primeira Vez p. 12
2. Desfilosofia p. 14
3. Xodó p. 16
4. O Presente p. 18
5. Non Duco Ducor p. 20
6. Viro Moita p. 22
7. O Despertar da Primavera p. 25
8. Espirituosa p. 28
9. A Noviça Rebelde p. 30
10. Madrinha Embriagada p. 32
11. A Verdadeira Falsa Cantora p. 34
12. A Lição p. 37
13. Futeboi p. 39
14. Caipira p. 42
15. Quem sou eu? p. 44
16. Rosilene, Arrumadeira Pintora p. 46
17. Morcego p. 48
18. Assédio p. 50
19. Diz que é p. 51
20. Ritas, Anittas e Mirandas p. 53
21. Pé de Subversões p. 56
22. Fracasso p. 59

23.	Eis a Mulher	p. 62
24.	Aviso	p. 64
25.	Ultraje a Rigor	p. 66
26.	Mayday	p. 68
27.	Guerrilha	p. 70
28.	O Rosto	p. 71
29.	Não é Nada, Não é Nada	p. 73
30.	O Paradoxo da Mamãe	p. 75
	Epílogo	p.80

Os passeios nessa ilha
Como a ilha, são abstratos
Pois a maior maravilha
É o sonho por trás dos fatos

Carlos Drummond de Andrade

Prólogo

Ninguém vai acreditar. Ontem foi sábado, 5 de setembro.

Estávamos de boa, na laje.

Eu, lendo notícias matinais; e pulando de lá pra cá, meu impávido chihuahua peludo. De repente, como sói sempre acontecer, o cão começa a latir do nada, numa disputa acirrada com formigas.

Apesar do nome pomposo, *Juan Pablo* é um filhote minúsculo e seus inimigos, terríveis. Depois de minutos de duelo, latidos de vitória e choro de derrota, resolvi investigar a guerra particular do meu intrépido Don Quixote.

Deixei de lado os jornais, aproximei-me do campo de batalha e, para meu assombro, descobri que o inimigo não era a formiga, mas um peixe. Sim, você ouviu bem. Um peixe nas alturas. Tem certeza? Impossível. Decididamente, isso não pode ser de maneira alguma. Mesmo assim, era um peixe. Um peixe vivo.

Céus, como era possível?

Moro na Fonte da Saudade, na Ladeira Sacopã, na cobertura aprazível de um prédio de cinco andares, cercada de carrapetas-verdadeiras, de árvores cairanas! Então, como assim, um peixe voador? Esquisito pra burro, inaceitável.

Garganta cortada, guelra agonizante, sangue escorrendo na laje, que cenário. Cogitei mil e umas. Indignados vizinhos imaginários ou cozinheiras destemperadas? Seria um ebó? Duvide-o-dó. Física quântica? Hum. Dormi apreensiva.

Hoje pela manhã por telefone, minha amiga Audrey F. decifrou o enigma. *Foi a gaivota, querida!* É claro, a gaivota.

Povos tamoios nomearam a Lagoa Rodrigo de Freitas de *Sacopenapã*. Queriam dizer *Caminho das Gaivotas*.

Há mais de 500 anos, socós e gaivotas pescam o almoço no espelho d'água da Lagoa e voam para o Morro dos Cabritos, a fim de degustá-lo. Às vezes no caminho dão bobeira, coitadas.

Moradora da afável ladeira da Saudade há mais de 20 anos, nunca dantes tinha presenciado o fenômeno.

Acho que foi a pandemia, porque tive uma epifania – o peixe foi o sinal. *Quê seria, pois, de nós, sem a ajuda do que não existe?*
Insight. Vou começar um dossiê.

Dossiê

Os que tinham 20 anos nos anos 70.

Inspirada pelo peixe voador, vou recolher nesse dossiê de quase memórias, *outros* episódios onde deparei-me, *outras* vezes, na presença do *alumbramento*. Temas repetidos oferecem a possibilidade de folhetins em série. O retorno poético das tais epifanias.

É tudo verdade? Autorretrato impessoal, tá pessoal.
Tentarei ser imparcial comigo mesma. Biografia? Não. Que isso, sinais.

Minha experiência é traço da memória coletiva. Meio na contramão, mas é. Meio fora do tom, mas é a história fragmentada de toda uma geração – os que tinham 20 anos nos anos 70. Vamos combinar? Vou falando as falas, mas podia ser você.

Qualquer um. Todo mundo. Quem quiser. *Who cares?*

Minha primeira vez

Medo de pecado mortal.

Aluna compenetrada do Colégio Assunção, dos 4 aos 17 anos, fui desde sempre *Tiquinho.* Uniforme da infância: saia plissada xadrez, camisa social branca e gravatinha. Luvas, véu pelerine e missal. Talheres de prata e medo de pecado mortal.

A hóstia é minha *madeleine.* Por essas e por outras sou devota, comungo até hoje.

Meus pais tinham um Jaguar Sedã preto XK120, com painel de jacarandá e teto descapotável. Sentada no banco traseiro de couro cinza, mamãe ao volante, eu ia e voltava todo santo dia para o Assunção. Isso até meus 12 anos.

Então, papai e mamãe decidiram que era hora de eu ir para o colégio sozinha, como as outras crianças da minha idade. Acatei abismada o tal ritual de passagem.

Bem-comportada, estojo, livros e medos debaixo do braço, às sete da manhã já estava no ponto. *Olá, Tiquinho, bom dia! Linha 91, Alto de Pinheiros.* Naquele tempo, os motoristas nos cumprimentavam pelo nome.

Pela primeira vez, subi no ônibus. Da janela, fiquei vendo a banda passar. Era emocionante a tal liberdade. Rua dos Morás/ Av. Rebouças/ Av. Brasil. O trajeto não me era estranho. Alívio. Fácil, fácil.

Na Av. Rebouças, entra uma moça simpática. Roda catraca e senta-se à minha direita. Amedrontei. Estranhas, lado a lado por acaso, a desconhecida amenizou meus ais. Conversa vai e vem, chegamos na esquina da Av. Nove de Julho com a Al. Lorena.

Coincidência, era minha parada para o Assunção e a dela para o escritório. Descemos, nos despedimos. *Adeus!*

Confiante, sigo pela calçada. Minha nova amiga – não lembro mais seu nome – me acena sorridente e atravessa o sinal verde cruzando na frente do ônibus.

O carro veio pela esquerda. Acelerado. Dissimulado.

Num átimo, a moça voou pelos ares como Chagall e desabou morta na calçada aos meus pés. Ainda hoje revejo a trajetória do voo inaceitável. Desengonçado. *Um corpo que cai. Um peixe que voa.* A imagem nunca mais me saiu da retina.

Naquele instante, envelheci vinte anos e senti o *gosto prévio do futuro.* Um travo prematuro do fim. *Assunção* significa *Ascensão.* Subida de Nossa Senhora aos céus.

Desfilosofia

Espelho meu.

Sempre achei que Nelson Rodrigues e Suzana Flag fossem dois autores. Não eram. Fernanda Montenegro e Arlette Pinheiro, duas primeiras-damas. Não eram. Stefani Germanotta e Lady Gaga, seriam duas samambaias? Não sei.

Pela lógica inversa, pressenti que, talvez, Maria Stela e Stella Miranda fossem duas versões de uma mesma pessoa. Acabou que deu nisso. Crise braba.

Sem contar os personagens, daí era barbada, evaporava de vez, não haveria analista que desse jeito no estrago. Ser ou não ser? SM ou MS? A ordem dos fatores altera, sim senhores. Pensando bem hoje penso que é bênção, mas no começo não foi bem assim.

A primeira fissura veio logo no início. Não cito nomes.
Aos 11 anos, tive uma professora de ginásio *sui generis;* madame era existencialista. Pérolas básicas de sabedoria, impermanência e metafísica. Mora na filosofia? Tema assustador para crianças, o vazio apavora. O primeiro conceito de infinito a gente nunca esquece.

Nesse mar de ideias olímpicas, um belo dia aportamos na Ilha do Belo. O que é a Beleza? Como apreciá-la? Onde vê-la? Proporção e forma em contraponto ao gauche. E dá-lhe platitudes óbvias, conceitos pré-socráticos palatáveis para pré-adolescentes. Despreparadas para as mesóclises da vida, assistíamos à aula magna.

Regendo corações e mentes, baqueta em punho, a mestra convoca em prosopopeia. *Atenção, Turma B! Venha cá, Maria Stela, na frente das coleguinhas personificar A Beleza.*

Minha Nossa Senhora. Stela, a Bela! Despertei. A Escolhida. Milagres acontecem. Tímida por natureza, nunca sonhei tão alto, mas dessa vez acreditei. Levantei-me trêmula, e diante das concorrentes encarnei confiante no rosto de Afrodite.

Espelho, Espelho meu! Existe alguém mais bela do que eu? Pela lógica, deveriam responder todas em uníssono: *Não.*

Mas porém todavia contudo, a mestra canhestra desfilosofou. *Vejam, Tiquinho! Ela **não é** bonita. Inteligente, simpática, sim. Mas, **bonita** ela não é.*

Morri. *Segundo sinal.* Impostora. Puxa vida, fui ser patinho feio na vida. Virei Laica, a viajante solitária do espaço sideral. Alguém se lembra da cadelinha russa uivando para lua no Sputnik? Era eu.

Meu amigo, o escritor Caio Fernando Abreu, sempre me chamava assim: *Laicaaaa.*

Xodó

Lembrança singela que me vem à memória é o veadinho Bento.

Esse é um troço que me encafifa há tempos.
Como Linus, também carrego minh'alma enrolada num lençol.
Sonhava acordada. Pet de estimação que minha avó tinha em casa sempre ao seu lado, aonde ela fosse, lá ia o Bento atrás. Batata. Acho que o veado era o lençolzinho dela.

Vovó Davina, mãe de minha mãe, era órfã criada por sua madrasta má, que vinha a ser sua tia, irmã de sua mãe. Entenderam? Minha bisavó Nicota teve 22 filhos.

Davina – cabelos brancos em coque twist, peito de pombo e costas aristocráticas – teve 11. Um foi ser padre no Vaticano; o primogênito morreu ainda bebê; o caçula era gay e não era o padre. O do meio, casado (com mulher) e pai de 4 filhos, teve ao mesmo tempo um amante (homem) estável durante 15 anos. A penúltima, Lisete, é minha mãe; e Tidu *ficou pra titia, coitada!* Portanto, sete filhos deram à matriarca 26 netos e uns 40 bisnetos.

Não, não darei mais detalhes, mas, sim, a nossa era uma família excêntrica à beça.

Lembro o casal nas Bodas de Ouro, aos pés da escadaria da Igreja N. Sra. do Carmo. Davina e Crescêncio, soberanos. Nós, os descendentes paramentados, esparramados qual véu de noiva escada acima. Na foto emblemática lá estamos, cá estou. Nem precisa conferir, é só imaginar. Ovelhinha desgarrada da família aos 4 anos de idade, claramente deslocada e fora de esquadro no canto esquerdo do degrau de baixo, eu já levava bronca de papai e mamãe.

Lisete, num tailleur risca de giz cinza fosco acinturado e três enormes botões pretos.

Lembram do Bento, o bororó marrom-avermelhado? Então, veado educadíssimo, esbelto sem chifres, Bento fazia aqueles cocozinhos redondos minúsculos, numa bandeja de prata. Taí. Era aqui que eu queria chegar. Ah, tem dó, alma gêmea, o veado era meu xodó. Bingo. *Terceiro sinal.*

O presente

Papai tinha um senso de humor peculiar.
Chamo senso de Amor.

Caruso, Tommy Dorsey, Tito Schipa, João de Barro, Carmen Miranda ou Yma Sumac, ele ouvia seus preferidos na vitrola, em altos decibéis. Discos de acetato em goma-laca, uma canção por face de oito minutos cada. A vizinhança adorava.

Advogado catedrático e pianista telepata também, Dr. Carlos de Campos Azevedo era um portento. Nas duas últimas categorias, um entusiasta amador.

Não sei se é lenda familiar, mas dizem que do lado paterno, somos descendentes do grã Fernão Dias Paes Leme. Hoje justamente execrado, o bandeirante tinha a alcunha de *Caçador de Esmeraldas*, aquele de largo renome, que morreu sem saber que as tais pedras verdes, na verdade, eram turmalinas baratas.

Sonhadores de vasta linhagem, papai também era colecionador; não de esmeraldas.

Vidros de farmácia, mais de cem. Relógios, uns vinte. De tamanhos e tipos variados. De parede, pêndulo, cuco, oito originais, despertadores, de pulso e de bolso. Todos alinhados com o Big Ben in London Town.

Nas horas, quarto de horas e a cada meia hora, uma sinfonia.

Morávamos na esquina da Pracinha do Alto de Pinheiros, em São Paulo, onde formou-se a Turma do Balão. Caçula, irmãos já adolescentes, eu era uma garotinha tímida e apaixonada. Por *todos* os rapazes. Meu irmão, Paulo de Tarso, enturmadíssimo, fazia as reuniões do Balão na nossa casa, então imagine o meu deslumbramento. Pois bem.

Até que, numa singela manhã de setembro, menstruei.
Fiquei mocinha, como se dizia com recato de época.

Mamãe telefona em segredo para o escritório de papai e conta a novidade. De soslaio, zanzando pela sala, eu suspirava meus primeiros mistérios invioláveis. No terraço, os rapazes confabulavam embalos de sábado à noite.

Papai chega, o presente nas mãos, embrulhado num pomposo laçarote vermelho. *Pra você, Filha, com amor!*, me diz comovido.

Excitada, abro o troféu na frente da Turma.
Um Pacote Rosa Choque de Modess, o absorvente.
Morri. Vinte relógios badalaram ao mesmo tempo – 18:30.

Noutra ocasião, autoritário controlador – ele já hemiplégico, eu já jornalista – tivemos uma discussão acalorada no café da manhã. De coração partido, parti para a Revista Realidade trabalhar sob a batuta da Dorrit Harazin e do Juca Kfouri, no Departamento de Documentação da Editora Abril.

Na balburdia de praxe – jornalistas na ralação do horário de pique – um senhor de 58 anos de cabelos brancos ondulados, entra DEDOC adentro.

Devagar, coxeando da perna esquerda, atravessa a redação na minha direção. Passo incerto, buquê de rosas vermelhas na mão e um sorriso torto no rosto, papai me diz encabulado. *Pra você, Filha, com amor!*

Non ducor duco

Não Sou Conduzida Conduzo.

Quatrocentona, mamãe nasceu, morou e morreu em São Paulo. Tricolor de coração, são-paulina roxa expert em futebol como ninguém e em sudoku também, dona Lisete era antenada. Filha da Revolução de 24, confirmava o pendão no emblema do brasão da Bandeira de São Paulo.

Modernista, bradava *Non Ducor Duco* aos quatro cantos.

Catedrático de Português na Faculdade de Direito do Largo de São Francisco, papai gostava de falar em latim. Assim, nos almoços de domingo, aprendíamos o que era *licopersicum*, *lactusia* e *mane*. Tomate, alface e manhã nessa língua morta e culta.

Assessor jurídico do Prefeito Adhemar de Barros, papai morreu aos 58 anos, sem receber os precatórios que o Estado lhe devia. Soma considerável – nunca soubemos quanto –, os títulos tornaram-se outra legenda familiar não cumprida.

Antes de morrer aos 85 anos, mamãe passou meses internada com leucemia. Não merecia seus terríveis últimos dias. Lúcida até o fim da vida, não obteve nem o beneplácito do esquecimento, nem o alívio da loucura. Porém, na véspera da sua passagem, demenciou. Decretaram delírio medicamentoso.

Não podia mover-se, nem ser tocada, o corpinho minúsculo coberto de hematomas. Entrei no quarto da Beneficência Portuguesa, sozinha.

Mamãe abriu os olhos. *Filha!* Assustei-me. *Mãe!*

Inexplicavelmente, ela sentou-se na cama.
Costas eretas, pernas dobradas na postura de Lótus e braços abertos em cruz. Frágil pluma ferida, nessa posição bizarra, cantarolou baixinho. Mamãe nunca fez ioga nem meditou na vida, seu misticismo era católico apostólico romano.

Que fora aquilo, então, se nem cantar ela cantava? Seu semblante sereno, faiscava. Acariciando os bracinhos flácidos como se fosse pássaro, entoou o mantra sagrado e mergulhou no seu universo particular. Que seria de nós, não fosse o que não existe.

Depois de tantas perdas e danos, nunca mais acreditei em mistérios, mas que a luminosidade do quarto estava estranha, estava. Durou cinco minutos. Bastava.

Ela morreu na manhã seguinte. Agora, escuta.

Nessa mesma tarde, meu irmão recebe um telefonema urgente do gerente do banco, comunicando o depósito repentino de uma enorme quantia na conta de dona Lisete Novaes de Lima e Campos Azevedo.

Ah, São Paulo da garoa, eram os tais Títulos Precatórios do papai – 38 anos depois – pagos na véspera da morte da mamãe. Corri e sussurrei em seu ouvido.

Os Precatórios, Mãe! Os Precatórios!

Mas mamãe já estava longe.

Viro moita

Pano rápido.

Quando mamãe fez a passagem, nossa pequena família implodiu. Ficamos os três filhos nora genros e netos ao deus dará.

Enfrentamos luto susto e o Inominável de frente. Missa cantada, discurso comovido da neta caçula Nicola, e coral de ave-marias em repertório sacro.

La Vie en Rose deu o toque profano ao funeral. Lisete teria se emocionado. Sua última ida ao cinema fora comigo. *A vida de Edith Piaf*, na Livraria Cultura do Conjunto Nacional, na Av. Paulista.

Família filmes livros e café: suas paixões. Último passeio na *Paulicéia Desvairada*, que ela tanto amava. Ainda hoje meus pelos arrepiam nesse trajeto.

Mamãe morreu num sábado. A missa de sétimo dia foi na Igreja do Perpétuo Socorro. Após a cerimônia, voltamos para o Rio de Janeiro.

Na sexta-feira seguinte, minha filha quis relaxar no final de semana em SP. Bienal no Ibirapuera, respirar ao léu. O cardápio nessa cidade no decorrer do último ano fora indigesto: idas ao hospital para beijar a vovó Zéte. Fiquei no Rio, ainda doía.

Dez da noite recebi o telefonema interurbano do Paulo, meu irmão. Tinha o coração partido, mas estava feliz de acolher a sobrinha. Respondi com doçura que iria vê-lo em breve e que faríamos um *check-up* juntos, para colocar corpo e alma em dia.

Te amo, Tela. Também te amo, Polé. Muito. Muito. Muito.

Foram essas nossas últimas palavras delicadezas trocadas ao telefone.

Estranhei. Liguei para minha irmã Ana Maria, em Florianópolis. Queria dividir com ela a apreensão que o tom de voz dele me transmitira. Ana tranquilizou-me. *Boa noite, Mary Anne! Boa noite, John Boy!* Dormi atordoada.

Meia-noite toca o telefone na minha cabeceira. Era Nicola. Quando disse *Mãe!*, pressenti o raio. Paulo tinha tido um infarto fulminante. Morreu dormindo de mãos dadas com sua mulher, Cristina.

Daí sim, a casa caiu. Comoção. Fiquei fora de mim.

Só atinei o que se passara na missa de sétimo dia dele, na mesma Perpétuo Socorro da mamãe de 14 dias antes. Mesmo coral, mesmos parentes inconsoláveis e amigos assustados. Uma hora em pé, agradecendo condolências inevitáveis.

Mal respirava, quando um rapaz me abraçou apertado demais. Afastei-o sem finuras e perguntei sem preâmbulos. *Não te conheço. Quem é você? É amigo do meu irmão?* O rapaz constrangido, respondeu-me com toda *finesse* do mundo. *Não, Stella. Sou seu marido.*

Pano rápido. Virei moita.
Era Mário Miranda, meu amabilíssimo ex-marido.

Ite missa est; podem ir, a missa acabou. Nicola e Ana se benzeram no ato e vazaram, abismadas com o descalabro. Disfarcei como pude, mas tamanho desvario não podia ter perdão. Mesmo assim, pedi e peço até hoje desculpas sinceras.

Todos sorriram, talvez de nervoso, mas foi contagioso. Contrariando a má fama do riso, pudemos em meio a tanta dor, receber a cutucada celestial da Alegria. Não foi um sinal, foi o tapa da pantera na minha cara. Despertei.

Despertei de vez, mas já antes despertara em outras priscas primaveras.

O despertar da primavera

O mundo só é real quando eu sou.

Charmoso careca e bigodudo, Georgi Gurdjieff foi um místico notável que morreu no ano em que nasci. O mestre armênio ensinava autoconhecimento profundo, através de lembranças de si. Sua metodologia específica de desenvolvimento da consciência era clara: *o mundo só é real quando eu sou*. Legal. Simplifica. Só que não.

Gurdjieff ficou conhecido como o *Despertador de Homens*.

Aos 18 anos, ainda não tinha sido apresentada a mim mesma. Quem me introduziu, foi o pai do namorado que me levava às tais reuniões secretas, onde se praticavam danças posturas e exercícios do mestre sufi. Assim, graças à cumplicidade de outro Carlos – meu quase ex-sogro judeu – tive o primeiro caso espiritual comigo mesma.

Vinte anos depois, fui convocada para um retiro em Visconde de Mauá, na bucólica pousada de notáveis. Relutei, mas fui. Pioneiro da bioenergética, Zé Alberto Rosa misturava terapia, umbanda e Santo Daime.

Na nossa prática não teve nada disso – o mergulho foi a seco mesmo. A única droga permitida era Oxigênio. Atividade intensa à base de gritos e respiração.

Éramos 20, todos iniciados e eu, a única neófita. Sozinha numa cabana no meio da mata sem luz elétrica, adormeci apreensiva. Batidas na janela, despertei. No relógio seis em ponto; pensei, vieram me chamar. Continuaram toc-tocs, abri a cortina. Era meu *personal* animal despertador – um pássaro amarelo e preto que bicava a vidraça.

En passant. Hoje, trinta anos depois, dia 8 de dezembro, tomava café na cama às 8:30 da manhã admirando a paisagem da janela, quando um grande pássaro amarelo de asas abertas em V, voou na minha direção e deu de cara na vidraça. Que susto. Saiu zonzo destrambelhado, se perguntando que pôrra foi essa? Fecha parênteses.

No exercício de duplas, prestei assistência a uma colega. Ela deitada de costas; eu ajoelhada, a postos. Não podia, de modo algum, demonstrar que era novata no ramo. Preparei-me para o que desse e viesse.

A moça respirava fundo buscando despertar o Prana – energia cósmica adormecida no osso sacro da coluna vertebral. Definitivamente, não era tarefa para amadores. Alquimia da pura, asteca maia hindu. O processo acelerava e o segredo oculto, nas entranhas da jovem, pulsava. Atônita, eu olhava arregalada o treme-treme dela.

De repente, o portal da colega abriu de vez.
Ôrra mêo, a kundalini da garota veio com tudo. Caramba. Te juro. Ela teve um orgasmo triplo sem se tocar, só na base da respiração. Mistério presenciado por esses olhos que a terra há de comer.

Sei que é proibido revelar o segredo oculto da dança sagrada sufi. Sei disso. Daí me lembrei do bruxo. *O mundo só é real quando eu sou*. Poxa. Para ela foi uma revelação, mas para mim, um falso despertar. *Virgo intacta*, voltei cabreira de Mauá.

Notável mesmo é o hotel vir abaixo um mês após a kundalini da moçoila eclodir.

Sim, senhores, a pousada virou pó, pegou fogo de vez.
Vejam vocês, não sobrou pedra sobre pedra, um incêndio lambeu tudo.

Foi queima de arquivo. Os deuses não quiseram deixar vestígios do milagre. Sobrou meu pobre testemunho ocular, a narração real que faço aqui em juízo para o dossiê. *Meninos, eu vi o despertar da consciência de si.*

Espirituosa

Ampola de vidro com fino jato congelante,
chamada Espirituosa.

Nos anos 60, pulava-se carnaval de salão nos clubes de Santos, São Vicente e Guarujá. Cidades praianas onde os paulistas mantinham casas de veraneio. Tudo familiar. A turma: primos e primas de Santos e amigos dos primos e primas. Uma prise de lança-perfume e ficávamos eufóricos. *Quanto riso, quanta alegria.*

Naquele ano montamos o grupo das *Potiras* – a filha do cacique que tem esse nome de flor. Revendo a foto fico abismada. Seis curuminhas louras de olhos azuis azuis. Menos Tiquinho, treze anos ainda em botão e olhos de Capitu *avant la lettre*. Flávio, meu Arlequim sedutor, tinha dezesseis.

Espirituosa modernista, fui com tudo. O jato congelante me encorajou. Ainda não sabia que amor de verão não subia a serra.

Amigo das primas Lulu e Lenny Ortiz, Flávio não tinha um braço, mas tinha pegada. Não me pergunte como. Tinha pegada. Rodando no baile do Tênis Clube, ao som de *Oh, jardineira, por que estás tão triste?*, senti pela primeira vez a alegria disparada.

A seta certeira do desejo. Desejo nem sei de quê, *ora!*, paixão não se discute. Sinto até hoje o frisson do seu cotôco nas minhas costas. *E que cotôco! Aff.*

Com o devido respeito, nesses tempos paralímpicos do politicamente correto, provo meu passado de inclusão, em vão. Tanta choradeira pra tudo se acabar na quarta-feira. O primeiro amor tem sempre um triste fim e comigo aconteceu assim. Tal qual a filha do cacique, chorei as lágrimas amargas da mesma flor. Mas logo me recompus.

_ Que Tupã compadecido, também transforme minhas lágrimas em diamantes!

Porque, ai de mim, *Potira*, não cheguei a Colombina nem ao Arlequim. Caí do galho, dei dois suspiros e morri. Vem Jardineira, vem meu amor.

A noviça rebelde

Desculpe, a história se repete e como farsa, na Suíça.

Em 1977, vivi airoso *affaire* com Christopher. Surdo-mudo. Colegas num curso de mímica, gato charmosíssimo. Muito rico, morava na Helvécia, no Cantão de Zurique, num daqueles palacetes históricos às margens do Limmat.

Poliglota, leitura labial em francês-inglês-alemão. Arquiteto. Piano de cauda branco. O telefone branco também não tocava, só acendia. Tudo muito funcional. Não estava acostumada com o fato do rapaz ser surdo-mudo, nem com a constatação de que pessoas com deficiência são autossuficientes. Nunca dantes vira nada semelhante.

Doutor na linguagem de libras – e deslumbrado com meu borogodó – com as mãos o moço era um capricho só. Muito hábil, Christopher. Os banhos, uma viagem. Mais não digo, vamos parar por aqui. Minha noviça rebelde durou um final de semana. (se bem que Edelweiss é Áustria, né? Bom, deixa pra lá, é tudo Alpes)

O romance rolou até que sua namorada oficial voltou das férias. Gordinha corada, a *fraulein* das montanhas era bravíssima. *Was ist das? What is that?* Chorou bilíngue a ruiva camponesa.

Batalha inglória, a valquíria furiosa vociferava. Tranquilizei os ânimos. *Don't you worry! Não estou a fim!* Mesmo assim, ela duvidou de mim. Continuei a ladainha, agora a plenos pulmões. *The hills are alive with the sound of music.*

Christopher não entendeu a ironia, empalideceu. Saquei o suíço. Êita coisa chata, acabou-se o que era doce, tinha chegado a minha hora. Deixei de lado chocolates e banhos e fui. Fui, mas em linguagem de libras.

Já expert no sinal das mãos, falei com dedos categóricos, em alto e bom som.

Auf wiedersehen, meninos da Basiléia.

O casal entendeu direitinho o recado. Atordoado, ele. Ela, aliviada.

Madrinha embriagada

Ao som de la chançon, sob o céu de Paris.

Éramos jovens, no auge, no centro do mundo. Ele, magro e alto, muito alto. Mignon vivíssima, eu era um azougue. Extremos opostos – Brasil e Austrália – nos topamos na École de Théâtre Jacques Lecoq, em Paris, 75010 Saint-Denis.

Foi amor à primeira aula. Coração aos pulos, a praia do futuro à frente e colegas do mundo inteiro. Japão, Austrália, Congo, Porto Rico, Suíça, Islândia e Canadá. Jovens como nós, inseguros promissores talentosos. Em flor.

Três anos loucos desenfreados, das sete da manhã às seis da tarde, de segunda a sábado, seis dias por semana, aprendendo o que é teatro. Paris era uma festa.

Passaram anos, muitos anos. A vida encarregou-se de separar amantes e amigos e embaralhar histórias. De primeira grandeza, ele subiu célebre em Hollywood, mãos na calçada da fama e um Oscar para chamar de seu. Diamante meio bruto, ela pisava nos astros distraída, estrela mínima do Cruzeiro do Sul. Nunca mais se cruzaram.

Ele lá, ela cá. *Como assim?*, chiaram os deuses do teatro com o descompasso. *Esse destino é um desatino!*, e foram ter com Cupido a ver se podiam flechar.

Se houve ou se não houve alguma coisa entre eles dois, ninguém pôde até hoje confirmar. Verdade bem verdade é que 35 anos depois, enquanto o astro australiano protagonizava *The Drowsy Chaperone* em Londres, a atriz brasileira brilhava nos palcos estrelando a mesmíssima *Madrinha Embriagada* em São Paulo. Ele lá, eu cá.

Se isso não é um sinal, então o que será que será?

Ode ao teatro, o texto off Broadway é triunfo dos musicais. Assim, todas as noites de 2013, os dois foram simultaneamente aplaudidos – Stella Miranda cá, Geoffrey Rush lá. Ambos ovacionados cada um na sua ilha, cantando partituras da mesma canção. Pianíssimo, depois fortíssimo quiçá em uníssono, no compasso d'amor inatingível.

A verdadeira falsa cantora

A bossa-nova é foda.

Primeira latino-americana da École Lecoq, pesou-me a responsabilidade. Brasil era terra de samba e pandeiro. *Inadequação irresponsável*, segundo a histórica Escola de Paris, e não soava como elogio. Comecei mal, carregava nos ombros a tarefa de redimir uma nação.

Velho sonho dos alquimistas, o álcool nos põe de pé num pulo, só assim uma garota cai da cama e sai no frio. Eu, que não sou Napoléon nem Courvoisier, virava o cognac com gema de ovo às seis da matina, para ter aulas de mímica, teatro e movimento.

Afora o esforço físico de luta, dança e ginástica, tinha o embate cultural. *Commedia dell'arte*, tragédia grega, mímica, bufões, Shakespeare & Molière. Direção pesquisa texto e criação. Graduei-me com pompa e circunstância, mas antes disso, meus amigues, teve muito susto.

No exame final do primeiro ano, assinei a *mise-en-scène* e atuei numa tragédia de Sófocles. Suei camisa e me apresentei. M. Lecoq sentenciou.

Mme. Miranda (2 RR, agudo no á), *vous avez mis un point final sur la tragédie grecque.*

Que humilhação. *Monsieur disse que eu acabei com a tragédia.*
Saí correndo aos prantos e ninguém entendeu meus ais. Os professores pasmos. Meu *boyfriend* australiano ponderou e me socorreu na tradução do insulto.

_ *Non, mon chou. M. Pompadour quis dizer que, depois de você, só o dilúvio.*

Ah. Alívio. Luxo, gosto de expressões assim às claras. Latina de boa cepa que sou, voltei contrita para a sala de aulas. Monsieur continuou com elogios, agora sim, compreensíveis. *Stella Miranda é o melhor nome de Artista: Estrela para ser Mirada.*

Ele que disse; não fui eu, modesta discreta e muito tímida.

Nos exames de encerramento do curso, os elogios vieram em forma de veredicto.

Bravo! Mme. será uma nova Carmen Miranda! Pisquei meus zoinho. Astuta, já tendo aprendido com os próprios franceses a ironia fina, respondi.

_ *Mais non, Mesdames et Messieurs* – disse curvando-me, fazendo mesura como se primadona fosse – *Sou a Verdadeira Falsa Cantora! Esse é o nome que me convém!* Acataram a alcunha. Nas palavras certeiras de Caetano: a bossa-nova é foda.

No dia 25 de setembro de 2021, Geoffrey Rush – *old boyfriend* oscarizado – convocou alguns ex-colegas da Lecoc para um zoom de confraternização. Fiquei excitadíssima.

Foi impactante. Meu Deus, quem eram aqueles desconhecidos grisalhos? Pelas janelas da tela tentávamos em choque, nos reconhecer, nos conectar.

Tateei rostos estranhamente familiares, fugidios.

Atravessei o primeiro espanto e as dificuldades tecnológicas. Novamente com o coração aos pulos e olhos nos olhos – 45 anos depois – reencontrei 23 rostos inseguros talentosos, ainda em flor. Inesquecíveis.

Amigos de uma vida, espalhados pelo mundo inteiro.

Dos meus colegas, um filho de Reis morreu assassinado no Congo. Outro de Aids, em Porto Rico. Rush é star em Hollywood. Tem a maior dramaturga francesa. Tem dona-de-casa e um frentista de gasolina. Alguém ligado aos terroristas da Bélgica. A iraniana, *coitada!*, exilada pelo Xá.

Um drogado suicidou-se, outro se entrevou. Tem professores de teatro. Tem gente que sumiu, tem gente no Comitê Internacional da Cruz Vermelha. Uma riquíssima caída em desgraça na Grécia, dizem que leva vida de puta.

Aqueloutra voltou para Islândia. O holandês que agora fala chinês. Tem felizardo celebridade no Japão e uma proprietária de teatros no Canadá.

Alguns desempregados e umas executivas ultra bem-sucedidas. Ainda sou a verdadeira falsa cantora. Epíteto que me define até hoje.

Podia dar os nomes e sobrenomes. Não dou.

Décimo primeiro sinal.

A lição

Eu não sabia.

Era fluente no francês, mas quando chegamos em Paris em 1974, não tinha a manha. Embananava mais por pânico que falta de traquejo. Não manjava a gíria da hora.

Morávamos no quarteirão da *École Militaire*, nos Jardins da Torre Eiffel. As primeiras semanas foram sufoco e choradeira. De minha parte, *bien sur!* Marinho, já a mil na Sorbonne. Penei horrores, mas com os pobres de Paris, aprendi uma lição.

(*pobres de Paris* é letra de música, nem vem com patrulha pra cima de *moi*)

Bouchérie é açougue em francês. Boutique chique. Açougueiros impecáveis, falavam baixo e expunham cortes de carne como joias na vitrine. Coisa de primeiro mundo, para quem vinha do fim do mundo.

Numa plaquinha estava escrito: *Pour Animaux*. Traduzi às pressas por *animais puros*. Comprei a peça requintada e preparei meu primeiro jantar de lua-de-mel.

A tarde toda remexendo especiarias finas e muito amor pra dar. Marinho chega da faculdade e abre um *pinot noir*. À luz de velas, dando pinta no banquete pro bofe, apresento meu picadinho parisiense. Primeira garfada. *O Horror! O Horror!*

Que gororoba, Tiquinho! Pelamordedeus!
Confesso, o cheiro não estava essas coisas.
Como noiva ultrajada dobrei a língua e retruquei na lata. É filé puríssimo, de primeira. E triunfante dei-lhe o xeque-mate. *Pour Animaux!*

Mario Miranda, meu maridinho esclarecido, calmamente me esclareceu. ***Pour*** *Animaux é* ***para*** *animais, querida; é carne pra cachorro.* Morri.

Em francês, *je me suis mangé la gueule;* em português, *paguei com a língua.* Paguei mesmo.

Em compensação, cinco anos depois, ganhei de presente um pôster memorável. O mapa de Paris vista do alto, com suas ruas e casinhas desenhadas a nanquim. O Sena em azul dividindo a cidade ao meio. *Rive Droite Rive Gauche.*

"Prêmio ofertado pelos comerciantes do bairro à Mme Miranda.
Em sinal de reconhecimento a melhor freguesa da École Militaire".

Ponto pra mim. Hoje aponto emocionada os anos dourados pendurados na parede do meu escritório.

_ *O chafariz da rue de L'Exposition! A rue de Charènnne, na Bastille!*

Nosso casamento relâmpago se apagou, mas guardo na memória lembranças cálidas e para sempre esse lindo sobrenome. *Miranda.*

Futeboi

Já ouviram falar?

Novembro de 1990. Pôr-do-sol a pino. Domingão daqueles. Voltando à vaca fria, estrada congestionada, crianças excitadíssimas. Por favor, pare agora! Pelo acostamento, desviamos na vicinal até topar com a Feira do Tomate de Macacu, festa agropecuária de cowboys cariocas.

Extravagante, mas existe esse fenômeno. Misto de parque de diversões quermesse legumes comilança bingo vacas e cavalos. E música da boa. No palco do campinho de futebol, showzaço de *Milionário e Zé Rico.* Já ouviram falar?

Caipira sertaneja, meu gogó tremeu, meus pelos arrepiaram. Insight. Também quero uma dupla dessas para mim! Nasceu assim, meu sonho mais pretencioso. *Xicotinho e Salto Alto.* Já ouviram falar?

Eu sinto falta daquele xicotinho
que ele usava com carinho pra boiada amansar

Sinto saudades daquele salto alto
que ele não tirava nunca nem na hora de me amar

Cabocla de raiz, a atriz Vera Holtz foi o primeiro Salto Alto. Xicotinho, *por supuesto,* era eu. Acossada pelas artes plásticas, la Holtz sufocou no dó de peito e sartô fora. Katia B, a ruiva belzebu do Fausto Fawcett, calçou perfeitamente o sapatinho.

Disparada nas paradas, nossa música *Doida Demais* foi o bafafá do sertão. Incrível. Do arroio Chuí ao mais distante Tennessee!

Um tiro certo, tão certo que pasmem, acabamos presas em Nashville. Te juro.

Só porque cantamos *Corno Feliz?* Pô, os gringos não sacaram o lance e mandaram a guarda montada da Klu Klux Klan nos expulsar da meca country dos States.

Décimo terceiro sinal. É ou não é? Sirene policial piscando adoidada. Hilário. Escapamos da cachorrada por pouco. América profunda é um porre.

Já viram o clipe do Xicotinho gravado in loco? Não, não é louco, é *loco* com agudo no ó. YouTube *by* Gringo Cardia, tubinho turquesa Leda Senise, jaqueta acetinada de franjas, botas altíssimas bicolor Patrícia Field Sex and the City e um *big* chapelão. Eram assim histórias sem fim.

Dando nome aos bois, isto é, aos compositores. Que repertório massa, o nosso! Marisa Monte, Arnaldo Antunes, Herbert Vianna, Paulo Miklos, Keith Carradine, Tim Rescala, Carlos Gomes e Lindomar Castilho. Cachê cash no ato. Show para vinte mil pessoas. Eu disse 20.000 com quatro zeros. Durou quatro anos.

Sucesso, mas não vem ao caso. O que importa é o *Futeboi*.

On the road. Cidadezinha ali entre Mato Grosso do Sul e Goiânia, o troço era longe. O show era às sete da noite no campinho de futebol. Cinco da tarde, a multidão em polvorosa e entretendo a galera, o tal do jogo.

Futeboi. Já ouviram falar? Onze jogadores de cada lado, a bola e o boi. A cada gol marcado, não importa o time, soltam um boi no gramado.

Quando chegamos, o placar marcava 2x0. Portanto: vinte e dois jogadores + dois bois. Bizarro. Todos corriam de lá pra cá, não sei se atrás da bola ou pra fugir dos bois. Jogadores e público urravam. A partida acabou 4x1. Imagina só, cinco touros Guzerá! Atônitas, entramos em seguida na arena, chutando adoidadas pra geral.

Foi o último show de Xicotinho & Salto Alto.

O vinil da dupla é relíquia disputada no sebo on-line como objeto de colecionador. Cara, é muito doido, porque ainda tô aqui em cima do salto alto, a Verdadeira Falsa Cantora, só que agora noutra encadernação.

E eu tô doida demais
e eu tô doida demais
e eu já tô doida demais

Doida, muito doida
e eu já tô doida demais

Caipira

I had a farm in Africa.

Primeira frase do livro e do filme *Out of Africa*, da baronesa Karen von Blixen. Sabe quem? Meu sonho inconfesso é narrar minhas aventuras na fazenda com essa trilha sonora do John Barry (tenho tara em trilha) em narração oca da Meryl Streep.

O primeiro frame do filme na voz oca dela, (com cacófato) vai ser assim:

Já andou de carro de boi?
Não vale Disney, Beto Carreiro, nem Carmen Miranda. Tem que ser caipira jeca-tatu. Desses de carregar espigas de milho, lenha e sacas de café. Pois é. Eu já. Sacolejando estrada afora esburacada de passar boi e boiada. Doce infância no interior de SP, entre Itapira, Mogi-Mirim e Posse, na Fazenda Santo Antônio dos Tios.

Da roça, tenho um pé no curral, outro no cafezal. Capinzal bambuzal milharal. Êh boi! Gavião & Jiló. Marelo & Mansinho. Malhado & Manhoso, em parelha de canga. E charrete, já andou? Não. Não é chacrete, é cha-rre-te. Roda de pneu ou de pau e trote de cavalo manso. Branquinho! Duque! Valentim!

As sementes de café lavadas no tanque, espalhadas com ancinho pra secar no terreirão de cimento na frente da sede. Já pegou na mão ovo morno acabado de botar? Quem procurasse no paiol, achava. Ah, férias! Ah, primos!

Já deu ordens furiosas às galinhas e elas nem aí?
Já descascou laranja chupada no pé e casca pendurada no fogão a lenha pra defumar?

Tio Paulo Ferreira ensinava examinar a bota antes de calçar: pode ter aranha. Olhar dentro da privada antes de usar: pode ter cobra-verde. Já viu cobra voar? Na fazenda era assim, bolinha de gude em chão de terra batida e vara de pescar.

Já pulou fogueira de São João e soltou balão à vera? Eu já.

Acordar de manhãzinha na neblina e sair em fila com os primos de copo na mão. Vovô pingava conhaque e ensinava a ordenhar a Mimosa. Primeiro, encosta a testa no flanco da vaca pro animal se ajeitar e depois aperta a base da têta. Encaixa na palma da mão com um solavanco no úbere, que é pra poder esguichar.

Não, amigo, não é Uber. É úbere.

A meninada virava o leite quente de bigode branco. D. Crescêncio acendia o cigarro de palha, montava no cavalo Alazão, estalava o chicotinho de prata e anunciava à Nação: B` Dia! Galo cantou, a vida pode recomeçar!

Parece outro Planeta, outro século, outra dimensão.
E é. Chama-se 1954.

Quem sou eu?

E papai então, que nasceu em São Luiz do Paraitinga?

Terra de Oswaldo Cruz.
Médico sanitarista, cientista e bacteriologista, o doutor erradicou a febre amarela. Papai tinha o mesmo bigodão e os fartos cabelos ondulados do conterrâneo.

Os Campos Azevedo moravam na vizinha Taubaté, berço de intelectuais do Vale do Paraíba. Tabernáculo de glórias nacionais da literatura e cinema: Amácio Mazzaropi e o genial Jeca Tatu. Da babá de papai também, dona Pulchéria.

Cozinheira de mancheia, na verdade só 12 mais velha que ele, Dona Pulchéria veio de lá e morou conosco a vida inteira, até ficar velhinha e ir para Amparo no interior paulista, ser amparada pelas freirinhas da paróquia do Tio José Rubens.

O padre; irmão da mamãe. Lembram?
Aquele que voltara de Roma depois de servir ao Papa durante 25 anos? Ele mesmo.

Isso para quem me pergunta afinal quem eu sou. Caipira, eu? Quer saber? Sou Paulicéia Desvairada. Tenho pressa, sou várias.

1987.
Tim Rescala e eu, recebemos um convite para uma turnê do musical *Bel-Prazer* pela Europa. No nosso repertório sofisticado, compositores contemporâneos, coisa e tal.

Irving Berlin, Eric Satie, Hans Eisler, Leo Masliah, Tom Waits e Tom Zé. Só *Top Tens*!

Chiques no último, os dois tinindo nos trinques. Tim de fraque; eu de smoking.

Vai daí, que os belgas piraram na batatinha. O cartaz na fachada do teatro exibia num desenho tropicalista, volteios do *sambista* Tim Rescala de pandeiro e tamborim, ao lado da *passista* seminua, eu, na minha incrível versão hulk: boazuda e melanizada.

Deu pra visualizar? A caricatura realista nem era feia, era chocante.

No palco, o cenário fatal. Sacas de café empilhadas, dois coqueiros raquíticos e uma disforme onça empalhada. Sacas de café, ainda vá lá. Onças, eu aceito. Mas é que o conjunto disparatado foi demais pra mim. Tive um chilique.

Tim encarou e me obrigou. Abrimos o show com os *Edrioftalmos*, de Eric Satie.

Crustáceos artrópodes e malacostráceos, animais do sub-reino aquático, Edrioftalmos são moluscos de olhos sésseis. Isto é: que não têm caule, que não têm haste, que não têm suporte. Olhos sésseis são flutuantes, não têm pedículos. Suas antenas sutis, captam o que não é facilmente perceptível. Edrioftalmos, coitados!, são tristes por natureza. Vivem reclusos e soturnos, nos buracos das falésias.

Ninguém curtiu. Não foi propriamente um fracasso, mas um engodo fenomenal.

Desvairada sim, posso ser várias. Mas nem tantas.

Rosilene, Arrumadeira Pintora

Quem apreciou a arte, vai se interessar pela história.

A tela a seguir é mostra do gênio. Viram a assinatura? *Rosilene*. É ela. Aos curiosos, adianto aqui surpreendente *spoiler*. Ignoro as preliminares, vou direto ao ponto. É picante. Picante não, saboroso. O nome civil era Raimunda.

Rosilene, assim autointitulada, era branquinha sestrosa, de olhar matreiro e cabelos negros. Talento incomum com pincéis e nenhum talento com vassouras.

Deixei logo de lado as vassouras e tratei de incentivar telas tintas e cores. Mas a genial Rosilene não se deixava seduzir. Jamais compreendeu seu próprio dom. A artista pintava apenas por encomenda e quando eu insistia.

Criativa, Raimundinha só pensava em sexo.

Transou com todos os motoristas e porteiros da Sacopã, causando forte comoção na Fonte da Saudade. Continuei implementando as artes, mas seu irrefreável dom de se entregar era imbatível. Não tive como conter a volúpia do seu talento inato.

Despedi a arrumadeira, dando conselhos que uma bem-intencionada mãe daria.

Quem diria? Rosilene hoje anda perdida pelos subúrbios da Baixada. Uma penca de filhos para cuidar e mais nenhuma ilha à vista. Nem fantasia tecnicolor, nem viagem onírica brotando dos seus pincéis.

Faço votos que nossa querida Raimundinha continue exercendo, pelo menos, os seus outros talentos abundantes. Vocês aprovariam esse desfecho? Acho que sim.

ROSILENE

Morcego

Não um peixe, mas um morcego invadiu minha sala ontem à noite num flash.

Juan, o filhote minúsculo, comia havaianas e eu sossegava no sofá, quando Nosferatu deu o primeiro rasante. *Que susto.* Voltamos às havaianas e ao sudoku.

Mais atrevido no segundo lance, o safado dessa vez passou raspando. Começaram as pantomimas e latidos. Pedi socorro ao Livro dos Rostos, arma eficaz à mão. Foram mais de 70 sugestões e cutucadas. Todas contraditórias.

Agachadinha. Pica a mula. Hotel. Motel. Se manda. Relaxa. Uber. É o Temer! Cabo de vassoura. Pano molhado e porteiro. Pesquisa a simbologia. Bombeiro. Aeroporto. Joga a toalha. Sonar é tiro e queda. Acende a luz e abre a janela. Apaga a luz e fecha a porta. Cacete, será hematófago? São como beija-flores, chama pelo nome: Joca! Zé!

Gente boa do Facebook, *assim não é possível* e continuei o diálogo nas redes.

A coisa tá... _"Pó pará", isso dá cadeia.
Como assim? Então tá russa. _Ofende os comunistas.
Tá roxa. _Ofende os machos.
Gritei. *Pôrra.* _Não pode. Tem que falar sêmen.
O quê?! Acabei invadindo o apê do meu vizinho gato aos berros. *Sêmen! Sêmen!*

Meu vizinho, um executivo da Petrobrás, jantava com petroleiros. Saia justíssima. Tentei sair de fininho, mas o estrago já estava feito. Numa excursão excêntrica *chez moi*, o mais *cool* dos três, delatou. Bateu martelo. É ela! *A Banana bicada no aparador!* Num gesto pornográfico, atirou a vítima (ou ré, lá sei eu) à masmorra da lata do lixo.

Numa proposta indecente, os rapazes sagazes convidam a moça para um diabólico festim. Minutos depois, aterrisso no apê ao lado vestindo Prada. Volto pra casa antes do amanhecer, de scarpin preto na mão e sorriso maroto no rosto. The End.

Migos do Face, seus lindos, obrigada. *Laica*.

Assédio

Sai! Sai! Sai!

Hoje fui atacada na Lagoa por uma borboleta azul enorme. Saiu detrás da árvore e assediou-me de todas as maneiras. Pousou na minha calça florida, no meu ombro, nos meus cabelos.

Arrepiei de medo e disse. *Sai! Sai! Sai!*

Algumas vezes fiz assim mesmo: *sai, sai, sai,* quando Cupido me flechou.

Diz que é

Filha de tigre.

Carnaval de 1988, Rio de Janeiro. Naquela época nem existia sigla. Homossexuais travestis e gays assumidos eram poucos. Cabiam todos na Banda de Ipanema. Mesmo assim, não era uma Parada Gay nem protesto empoderado. Seria ironia fina, estado de espírito ou filosofia de vida?

Atirando a serpentina, íamos os três pela orla ver a banda passar. Eu e Falabella, com minha filha Nicola, no colo. Ambos louríssimos de olhos azuis. Todos reconheciam Miguel, vedeta absoluta da TV Globo.

Caminhávamos sentido contrário à multidão. Multidão é exagero. Dois quarteirões de foliões. Minha filha chamava de *fadas* os irreverentes componentes do desfile. *Fadinhas! Fadinhas!*, exclamava deslumbrada, estendendo os bracinhos para o alto.

Ao vê-lo passar com a loirinha a tiracolo, os travestis perguntavam. *Que linda, Falabella! É sua filha?*

E a Loura Malvada respondia. É *loura e linda, mas minha filha não é!* Então, eles se desinteressavam dela e se concentravam nele.

Foi assim a primeira vez, a segunda e a terceira idem. Até que na quarta *que linda é sua?*, antes que as fadas ouvissem a resposta fulminante, Nicola faz conchinha com a mão, revira os zoinho e sussurra no ouvido do Miguel. *Diz que é! Diz que é!*

A saga dos sinais se repete na geração seguinte.
Filha de tigre já nasce pintada.

Post Scriptum

Quinze anos antes. Outros Carnavais. 17 de fevereiro de 1973. A Banda de Ipanema desfila no bairro que lhe nomeia, desde 1965, na zona sul do Rio de Janeiro. O trajeto é num quarteirão definido. Av. Prudente de Moraes/ Praça Nossa Sra. da Paz/ Rua Visconde de Pirajá.

O compositor Pixinguinha batizava o filho de um amigo na Igreja da Paz, às quatro da tarde desse sábado de carnaval. *Fadinhas* e amigos combinaram de passar com a Banda na Praça, dar carona para o padrinho famoso e seguirem juntos o cortejo

Quis, porém, o destino que Pixinguinha morresse ali, naquela hora, na pia batismal, de infarto fulminante.

Naquele ano, a Banda de Ipanema desfilou parada, na porta da Igreja. Componentes aos prantos cantavam *Carinhoso* em homenagem ao seu compositor – Pixinguinha, o gênio imortal que morrera com a criança pagã inda no colo.

Ritas, Anittas e Mirandas

Miranda por Miranda.

Ano 2.000 é data quântica. Nova Era. *Câncer.*
Notícia cuspida sem preâmbulos, por um médico tão constrangido quanto eu. Pouco importava que fosse *no rim direito operável circunscrito sem metástase e em início de processo.* Ato contínuo, umas ondas magnéticas me invadiram.

Como um infinito vivo, meu corpo serpenteava da cabeça aos pés. Atônita, ao lado de um médico perplexo e de minha irmã, em pânico. Ponto de não retorno. Quem sou eu? Uma terceira de mim. Sem nome, sem chão, chinfrim. *Despertencimento* é o sinal mais triste.

Imperativa categórica, mamãe perdeu a paciência comigo e deu um basta. *Quando recobrar o juízo, Maria Stela, recomponha também a compostura.*

Ferida não é destino!, cortou Lisete. Obedeci e neguei.
Operei duas vezes em quarenta e cinco dias, com sonda em depressão profunda.

Rezei Ave-Maria, Pai-Nosso, Chiquita Bacana e Disse Alguém. Amém. Extirpei os tentáculos daquele câncer mal-intencionado. Resiliente, meu corpo se aprumou.

No dia 18 de janeiro de 2001, recebi um telefonema interurbano. Atendi no leito do Hospital Sírio-libanês em SP, onde me encontrava internada, depois das tais cirurgias abissais. Era Falabella, que todo frajola, sem saber da missa a metade, me convidava para viver nos palcos a diva Carmen Miranda.

Queria porque queria que eu botasse meu tico-tico no seu fubá. *South American Way*. Deveríamos estrear em breve.

Adeus, Batucada!, respondi chorando e bati com raiva o telefone na cara dele. Não podia estrelar absolutamente nada. Estava cara a cara com minha tragédia pessoal. Miguel compreendeu a gravidade da situação, adiou os planos e esperou por mim.

Dr. Dráuzio Varella decretou _ *os balangandãs serão sua salvação.*

Carmen Miranda morreu aos 46 anos, com um espelho nas mãos, caída no chão do seu *closet*. Sempre me perguntei, qual teria sido seu derradeiro olhar? Será que se debruçou sobre si mesma como Narciso e se reconheceu na imagem? Ou viu no espelho partido, os momentos do seu tempo revividos ao mesmo tempo?

Tendo vivido Carmen Miranda nos palcos tantas e tantas vezes, eu também me via refletida ali, nos estilhaços daquele mesmo espelho.

Durante a convalescença, assisti a todos os filmes e ouvi todas as músicas da Pequena Notável. Aprendi com ela a me reinventar. Então, depois de quarenta dias amanheci em flor e fiz o que mandou meu coração. Aceitei o convite, vesti uma camisa listrada e saí por aí. Foram meses de ensaios penosos até o *Chica-Chica-Boom* da estreia.

Um estrondoso sucesso. Ganhei todos os prêmios e retomei o sentido da vida, como se imagina que ela é. Um milagre. Sem dramas, por favor!

Canto e sou feliz só assim. *Estrela para ser Mirada*.

Linchada em praça pública em sinal de *despertencimento*, Carmen Miranda inventou a Tropicália e antes da malandra digital, identificava o Brasil no mundo.

O Brasil em forma de mulher.

Porém, a hora agora é das *anittas* – a *Top number* #1 do Planeta, com sua bunda de milhões, preparada poderosa e articulada.

Para sossego nosso, a Rita nos redime. *Nem toda brasileira é bunda*. *Anittas* são hipérboles redundantes.

Já as *mirandas, coitadas!*, são paradoxos ambulantes.

Pé de subversões

Ontologia pura da releitura.

1980. *Triste Fim de Policarpo Quaresma.*
Na minha primeira aparição nos palcos do Brasil, fui indicada a cinco prêmios. Toda unanimidade é burra, dizia Nelson, mas aquilo me marcou.

Já tinha cantado Babalu em cima do piano na varanda da Marieta e do Chico Buarque. *Intrigante*, comentaram os céticos. Daí dirigi *O Pé da Árvore de Natal*, do alemão Karl Valentin, onde uma família nem tão tradicional comemora o Natal dia 24 de junho, durante uma festa de São João. Confirmaram. *Esquisita, essa garota!*

O besteirol começou ali, em 1979, na varanda dos Buarque de Hollanda, com a galera encenando o excêntrico alemão. Durante três décadas, apresentei várias versões do mesmo *Pé* de dadaísmos. Da última vez, patrocinada pelo Instituto Goethe, fiz nevar em Ipanema. Afinal, *Mirandolina* é *estranha* e tem *voz de araponga*.

1982. *As Bodas de Felissa.*
Na primeira produção profissional, com texto e direção assinados por mim, tomei uma crítica contundente, com título sutilíssimo: *Meninas, parem com isso!*

Começamos bem ou mal? Fiquei na dúvida. Matéria em primeira página no jornal de maior circulação do Rio de Janeiro, naquele tempo podiam falar assim com *as mina*. Hoje seríamos *trend topics* do *#mexeucomumamexeucomtodas*

Abertamente machista, a infeliz resenha atrapalhou carreira e definiu territórios.

A indignação do crítico era a cena em que a protagonista Analu Prestes molhava a respectiva xoxotinha numa bacia de leite. Levantava a camisola branca, mostrava os pelinhos pubianos para plateia e se sentava na bacia. Era muito lindo.

Os caretas chiaram, mas fomos em frente. *Respeita as mina, pôrra!*

1991. Alçada à fama subversiva, me chamaram para dirigir o antológico *Subversões*. Luis Salém, Márcia Cabrita e Aloísio de Abreu. Gringo Cardia era o mestre do visual. Não sei o que era mais divertido, se ensaios palco ou bastidores.

Ensaiávamos na sala de casa. Nicola, com seis anos, era a plateia ideal. Minha filha aprendeu de cor as subversões irreverentes da MPB, cheias de humor sutil e palavras proibidas: *Sexo Drogas Viadagem Sarcasmo Ironia Sacanagem*. Cafona e familiar, ela sabia dançar todas as coreografias hilárias do *Subversões*.

Ah. As crianças da coxia. Para nós, normal era ser subversivo. *Pentelho. Pentelheira. Pentelhuda. Despentelhada*. Ontologia pura da releitura.

O show era terça-feira de madrugada, no porão da quitinete gay dum muquifo em Copacabana, chamado *Crepúsculo de Cubatão*. O dono do cafofo era o Ronald Biggs. Ladrão e ex-presidiário britânico, dizem que mandante do *Assalto ao Trem Pagador*.

O adorável meliante casou-se com a rapariga de Copa e teve um filho brasileiro. Álibi perfeito, o filho da pátria permitia e justificava a permanência do pai no Brasil. Para coroar a saga, o rebento carioca do inglês entrou para o Balão Mágico. *(pausa)* Respira. Assimila. Sabe aquele grupo infanto-juvenil que teve a ousadia de nove milhões de discos vendidos em 1985? É esse aí. Sacou?

A árvore rendeu frutos para nós também.
Pioneiros da Comédia Musical em Pé – porque StandUp Comedy é o kct – *Subversões* teve carreira tão pródiga quanto a do ladrão de casaca. Quem diria, acabamos todos no Canecão. Um quarto de século de sucesso absoluto.

Um gay cantando longe daqui... um gay cantando longe, longe...
Um gay cantando muito, um gay cantando alguém, um gay cantando é bom de se ouvir

1995. Do mundo gay, capotei direto para o universo hétero-machista de raiz. Grossa. *Metralha*. Biografia musical não autorizada do cantor sofrência, Nelson Gonçalves. De brasilidade indiscutível, uma espécie de dinossauro gogó-de-ouro.

Boêmio dos lupanares da Lapa – o *Último Besta*, em suas próprias palavras – Nelson me apresentou sua prótese peniana em primeiríssima mão (no sentido literal).

Assim do nada. Ponto final. *Vigésimo primeiro sinal*.

Fracasso

Coisa de gênio.

Galvêz, o Imperador do Acre. Fiz parte do espetáculo, mereço os louros. Começa que tivemos 3 diretores. Nenhum quis ficar. O primeiro achou temeridade. O segundo, coitado, perdeu-se. Já o terceiro aceitou, sabe-se deus lá o porquê.

Os ensaios eram na Laura Alvim, que ainda não era a Casa de Cultura. D. Laura Alvim, a primeira garota de Ipanema, dando provas de insanidade, morava no casarão da família na Vieira Souto. A velha senhora morreu durante os ensaios, em março de 1984. Vai vendo.

Mendigos moravam com ela e mais toda a sorte de necessitados. Amante das artes, D. Laura tinha bom coração, mas mantinha a casa imunda, tão suja que ensaiei com máscara cirúrgica, para se ter ideia. E não era pandemia.

Estreamos no Teatro Dulcina. Governador, socialites e classe artística na plateia. As músicas do Ducek e Carlos Góis eram encantatórias. *Ah! Os Minaretes de Bagdá!* Cabeça de elenco, Vera Setta causava no papel do Imperador.

Guilherme Karan, Miguel Falabella e eu, entre outros.

Na abertura, Vera nua com sua floresta peluda na boca de cena, era um espanto. Ouviu-se o primeiro *oh!* da plateia e não era elogio. Fomos de desacerto em desacerto; e até o segundo ato, metade do público já tinha ido embora. Mau sinal. Ficamos em cartaz dois finais de semana. Dois.

No sábado seguinte, na volta do fatídico intervalo, Karan entra em cena como solista dramático e dá de cara com a plateia totalmente vazia. Cuma?!

Até os músicos tinham sumido.

Uia. É ou não é o maior fracasso do teatro brasileiro?
Quer mais?

Não discuto causas, mas efeitos. Emagreci 5kg e peguei tuberculose. *Cof. Cof.*

Qual dama das camélias, saí de cena direto para Campos de Jordão. Eu e Mariko, meu *beagle* malhado, hóspedes no sanatório tropical do Thomas Mann. Num céu estrelado e invernal, recebo a visitação de Diduxinho Worcman. Engravidamos da Nicola nessa noite... no tapete... aos pés da lareira. Hum.

Pulmão, órgão da paixão. Fracasso? Sucesso? *Há mais mistérios entre o palco e a coxia do que sonha nossa vã hipocrisia.*

Em 2008, noutro inverno em Paris, na Cidade Luz, foi a pá de cal. A neve caía em flocos secos sobre nós; eu, mais a Copine Denise Bandeira. Estávamos no bosque quando eis que, de supetão, uma família de baianos arretados me interpelou nas aleias de *Fontainebleau*. Estatelei. Até aqui?

_ *Vixe mainha, ó paí pá! É Dona Álvara! Dê! Dê! Dê!*
Insistiam pai mãe filho filha genro nora cunhada e netos. Não teve jeito, tive que dar a gostosa gargalhada da D. Álvara. A síndica bem-amada da TV foi reconhecida na França, madrinha do Furdunço na Bahia e alegoria de escola de samba na Sapucaí.

Ítalo Rossi, uma honra compartilhar com você o casal mais improvável da televisão brasileira! Obrigada, meu querido Ladir.
Quer mais?

Gente, de fracasso em fracasso, comigo a história sempre se repete. Primeiro como farsa e depois palhaçada. Em 2019, fui indicada como melhor atriz pela APTR – a poderosa associação dos produtores teatrais do Rio de Janeiro. São uns queridos. Beleza, né. Pois é.

Noite da cerimônia, Teatro Prudential lotado e eu de mãos dadas com minha amiga Verônica Sabino. Um frisson no ar e a espinha gelada. *Tchan tchan tchan*. Políticos, socialites e toda classe artística na plateia. E não é que anunciaram meu nome como vencedora? Aplausos entusiásticos.

Minha Nossa Senhora. A Escolhida. Despertei. Milagres acontecem. Como a menininha de outrora, acreditei. Ovacionada. _ *Stella! Stella!* Levantei-me trêmula e subi confiante no palco para receber o Prêmio.

Foi quando um *zum zum zum* desafinado cortou o barato legal. *Não. Não. Não.* Os organizadores num corre-corre atípico me despremiavam. *Não. Não. Não.*

_ *Foi um equívoco, Stella. O prêmio não é seu, é da sua outra coleguinha*. Morri.

Pano rápido. Virei moita, sorri amarelo e emplaquei um discurso bem-humorado. Engasgada, mas sem perder a pose. *Fair play* a gente aprende, né. Na manhã seguinte, as manchetes dos jornais estamparam meu rosto com a legenda: a grande vencedora.

Bingo. *Vigésimo segundo sinal*.

Eis a mulher

(sussurro) em cena, senti meu corpo levitar...

Como São Tomé, quero ver para crer, mas me envergonha falar isso que escrevi aí.

No exame final do segundo ano da École Lecoq, apresentei o esquete *La Patinoire*. Experiência teatral num rinque de patinação no gelo. Levitei. Juro. Dez centímetros. Coisa pouca, mas levitei. Assunção que me trouxe a confirmação matemática da minha persona artística. *Eis a Mulher*.

Levitei uma segunda vez no ano seguinte no Brasil, no Teatro Municipal de Niterói, na estreia de *Policarpo Quaresma*, de Lima Barreto, com direção de Buza Ferraz.

Jaz-o-Coração. Bonito o nome do nosso grupo, né?
Interpretava seis personagens. Levitei duas vezes e acabou-se o alumbramento.

Nunca mais experimentei o dom da graça. Hoje, o sinal mudou. Algumas vezes em cena, sinto que deixo meu corpo físico e me observo de fora sem perder o prumo. É questão de prisma. Duplicidade simultânea comum entre colegas atores. Sensação sublime e não exclusividade minha.

Agora, há fatos. Provas cabais do erro.

Há pouco, gravávamos num estúdio de TV. Ar irrespirável e um cheiro insuportável. Bactérias? Ácaros? Micróbios? Sei não, tossia sem parar e meus olhos lacrimejavam. Pulmões frágeis, olfato afiado, peguei uma pneumonia braba.

Estava no hospital, quando descobriram o gambá morto na boca do ar-condicionado do estúdio. Nojento. Putrefato. Isso são os tais sinais trocados.

Vigésimo terceiro sinal.

Aviso

Pode ser embuste.

Não precisa pesquisar essa coisa de datas, não é importante. Primeiro foi em 1993. Não. Acho que antes teria sido em 1980. Não sei. Sei lá. Acontece que o maestro Tim Rescala e eu éramos uma banda. *Diva & o Compositor.* Músicos me chamam assim na intimidade: *Diva isso. Diva aquilo.*

Nos contrataram para um show da banda, na Glória.
Últimos detalhes, afinação dos instrumentos e passagem de voz. Todos a postos. Menos um: o *Músico Atrasado.* Terceiro sinal e ele ainda nada. Entramos em cena no horário marcado, sem o dito cujo. Tim calmo, como sempre. Diva, puta-da-vida.

Acabada a apresentação, desmontagem do set e eu retirando a maquiagem, quando chega o *Atrasado* com seu case de sax na mão.

Desculpa o atraso, Diva!, disse ele de boas. Silêncio respeitoso de minha parte. O tal músico em pé era alto, quase dois metros de puro talento. Tim calmo, eu puta. *Vieram me buscar, eu tive que ir!*, desculpou-se sem mais o pobre rapaz. Carranca expressiva de minha parte. *Diva, eu fui abduzido!*, concluiu o infeliz.

Se subiu, ninguém sabe, ninguém viu. Prefiro não comentar. Tabu ainda hoje, entre músicos não se toca no assunto. Ano passado abduziram, enfim, nosso amigo beleza. O grandão arrasa agora em terras lusitanas, pois.

Nem sempre linha e bordado revelam emoção. Tem vez que não. Como daquela vez em Belém do Pará, para minha completa decepção.

Eu era protagonista. *A Ópera do Malandro*. Prestasse mais atenção, intuía pelo nome. Não o de Francisco Buarque de Hollanda, o autor. Óbvio que não. Nem o do Luiz Antônio Martinez Corrêa, meu amigo e diretor do musical.

A craca da titica se empoleirava na produção da turnê Norte/ Nordeste. A nata da malandragem associou-se à TV regional, para nos dar o bote. Lotação esgotada, última apresentação e nosso salário nada. O fim da picada.

O sujeito contrata capangas locais, junta a equipe, aponta duas escopetas na nossa direção e digníssimo soletra: *Devo, não nego, mas também não pago. Passar bem*.

Faroeste caboclo, fugimos feito baratas tontas. Lembro de duas imagens. Primeira. A cantora Marlene, careca, arrancando a peruca. Segunda. Um flash no aeroporto. Eu, histérica, no balcão da Varig. *Uma passagem pra qualquer lugar! Me tirem daqui!*

Nunca mais topei com ele, mas trombei com outros, que como tal, me deram a Elza. Porque tem o avesso da epifania.

Vale como advertência. Isso de sinais, também pode ser embuste.

Ultraje a rigor

A Dança dos Sinais.

A experiência contemporânea da nudez nunca me comoveu. O traje para mergulhar na piscina do Colégio Assunção era um maiô de pura lã. Felpuda. Fechado até o pescoço, com saiote godê azul real. Uma graça.

Devia ter uns 10 aninhos, mas ainda sinto o contato da pele com a lã molhada. Sim, parecia horrível, mas não. Era erótico. No chuveiro? Só de camisola. Você ouviu bem. Tomava-se banho de camisola em sinal de recato. Doce repressão.

Nos anos 80, fiz muito topless de barco e paguei tanto peitinho no palco que virou ®marca registrada. Era mais engraçado do que sexy. Acabei por interpretar Dercy Gonçalves no cinema e mostrar meus seios sexagenários pela primeira vez numa televisão. Um percurso coerente.

Anos 90.
Eu e mamãe éramos vizinhas do casal Hans Donner/Globeleza, na rua Sacopã.

Certa feita, aguardávamos o elevador na garagem, quando no carro ao lado, um educadíssimo Hans Donner – que adorava minha mãe – exclama excitado.

_ *Lisete, veja que marravilha!*, e pede para Valéria descer.

Valéria obedece. Abre a capa majestosa e, qual Vênus desnuda, emerge linda em suas famosas pinturas corporais. Examinamos em detalhes o nudismo colorido da musa. Ela deu seu rodopio típico e os passinhos de sambalanço de sua propriedade.

Sem falso moralismo, aplaudimos o sinal elegante de transgressão da Laica.

Hoje eu e mamãe seríamos linchadas. Tristes trópicos retrógrados puritanos.

Mayday

Socorro! Socorro! Socorro!

S.O.S. em código Morse. Procedimento de voz internacional usado por aviadores e marinheiros nas radiocomunicações, em caso de emergência com risco de vida.

Meu primo piloto deve ter pedido socorro as três vezes consecutivas.

O avião avariado transportava como únicos passageiros minha mãe e o neto dela. Alexandre. O aviãozinho de pequeno porte sofrera pane, tinha que aterrissar, mas não tinha onde. *Aonde fosse!* Era a ordem de comando.

No lusco-fusco, meu primo começa a piscar freneticamente os faróis. Sua intenção, aterrissar na estrada. Carros assustados desviavam pelo acostamento, enquanto a aeronave se aproximava perigosamente. Caraca, e agora?

O que é isso? Um peixe nas alturas? Não. Um avião desgovernado.

Saiam da frente, seus putos!, ele deve ter gritado perdendo a compostura. Nem todos mudaram seu rumo a tempo. As rodas do avião bateram na capota de um caminhão que capotou.

Aterrissaram sãos e salvos, mas o motorista, *coitado!*, morreu na hora. Meu primo craque não perdeu a cabeça; o pobre caminhoneiro perdeu a dele.

Oh céus! Isso no interior de São Paulo, e eu a milhas de distância no Jardim Botânico do Rio de Janeiro. Por telepatia, tive a epifania.

Premonição, percepção extrassensorial, alumbramento. Sei lá o quê. Fato é que vivi o fenômeno paranormal na pele, quer dizer, acho que sim.

Enquanto meu primo tuitava *Mayday* no rádio as três vezes de praxe, ouvi no peito um grito mudo de sufoco. *Socorro!* Sem atinar o porquê, só pensava na mamãe. Não sabia onde ela estava, nem que viajava de avião. Naquele tempo não havia celulares.

Berrei eu também, *socorro!*, escandalosa, mas com fé. O que fez toda a diferença. Logo em seguida, recebi um telex: *todos bem, graças a Deus.*

Jackie Silva, eterna campeã mundial de vôlei, amiga do peito e primeira medalhista olímpica, foi testemunha. Estava ao meu lado, no JB.

Dizem que meu sobrinho viveu a experiência como videogame. Não foi brincadeira. Hoje, Alex Bandeira é comandante internacional de Boeing, investigador perito em acidentes aéreos e gabaritado instrutor nos EEUU, Japão e Arábia Saudita.

Caramba.
Há mais ondas magnéticas entre céu e terra do que sonha nossa vã tecnologia.

Guerrilha

Em 1969 tive um namorado "subversivo", como se dizia.
A gente adorava 69.

Ele, um jovem economista de ideias brilhantes; eu, uma menina alienada. Desculpe, mas eu era sim.

Queria ter voz ativa, no nosso destino mandar, mas meu pensamento político era menos Rosa de Luxemburgo e mais Madre Teresa de Calcutá. Um senso difuso de injustiça e um desejo cego de ajudar o próximo.

Meus colegas, não. Engajados, atiravam bombas e palavras de ordem, nessa ordem. Sabiam a cara do inimigo. *Tiquinho?* A garota apaixonada do Chevette azul turquesa.

Ruas ocupadas exército cavalos e correria. Pau comendo solto. Revolução. O líder estudantil gato, José Dirceu, amigo do meu gato, tinha sido exilado em Ibiúna. Na luta armada, é preciso estar atento e forte, com armas e munições. A célula queria alguém em quem confiar e de quem ninguém desconfiasse.

Um infiltrado. Atenção para o refrão: *Tiquinho é confiável... prestativa...* Concordei. Essa foi minha primeira e última missão burguesa. Transportar fuzis da Revolução, no porta-malas inocente do Chevette azul turquesa.

Guerrilheira por um dia. Por paixão, não por convicção.
Hoje, visto a camisa e de peito aberto dou o brado retumbante:
Fora Bolsonaro!

Sinal sutil como uma bomba no Rio Centro.

O rosto

Que rosto!?

Ainda a tempo, antes de fechar a tampa, me lembrei do quarto. Aconchegante. Forrado de madeira perfumada cor de mel, camas embutidas como cabines de navio para as duas irmãs. Bordas ondulantes, os entalhes decorados e dois janelões verdes dando para o pátio do jardim interno. Gostoso, né? Pois é.

Era uma daquelas noites frias de agosto em São Paulo, na santa paz. Eu sozinha no quarto e meus pais lendo na sala, com a lareira acesa. Antes de adormecer, ouvi o barulho do vento e das folhas no jardim. Levantei-me. Afastei de leve a cortina e olhei pela fresta. Que susto. Um rosto sério me encarava.

Pulei zás-trás. *Mãnhê! Paiê!*
Veio papai. *Um rosto!* Expliquei. *Lá fora!* Apontei. *É ela!* Concluí. *Ela quem? Que rosto?* Perguntou curioso, embarcando na minha. Abriu a janela, acendeu a luz do pátio e sorriu. *Ela foi embora, Filha*. Respiramos o ar da noite estrelada e fui dormir intrigada.

Na noite seguinte, o mesmo susto zás-trás. O rosto na janela.

Prática, mamãe encerrou a questão.
Não tem mulher nenhuma, nem rosto nem vento nem folhas. Ponto final. Apesar da vergonha infantil, enrolei o lençolzinho (aquele!), acariciei a bochecha e chupei o dedo. O ritual noturno de *medo susto compensação*, repetiu-se muitas vezes.

O enigma não se resolvia.

Já crescida, tomei a decisão de enfrentar o touro à unha. *Hoje ela não me escapa!* Preparei-me para o duelo. Deitei esperando vento e folhas darem sinal de vida.

Batata. Dez da noite, ouvi os primeiros acordes do medo. Levantei-me séria e afastei a cortina. Lá estava ela. Fechei os zoinho e rezei para Papai-do-Céu.

O sortilégio continuava me encarando.
Pudera, o rosto sério era o meu. Era eu mesma refletida na vidraça. Sempre fora, e bota epifania aí.

Tantos anos relutando em me reconhecer. Eu, já caçadorinha de mim.

Não é nada, não é nada

Os que tinham 20 anos nos anos 70,
em 2020 têm 70 anos.

Não é nada, não é nada, é uma inversão e tanto e uma data.
O bom de envelhecer é que o sexo na nossa idade fica bem mais excitante; nunca sei se estou tendo um orgasmo ou um ataque do coração. Piada velha.

Viver é envelhecer. Envelhecer é a coisa mais moderna que existe, como diz Arnaldo. Ainda ontem eu tinha 20 anos. Até que ponto estou perto de onde pensei que fosse chegar? Percurso por impulso, mirei estrelas, mas aportei aqui. Fazer o quê?

Autocrítica feroz, algoz de mim mesma, sou meu próprio parâmetro e volto sempre ao mestre. *O mundo só é real quando eu sou* – branca cis e privilegiada, num contexto social histórico de injustiça e discriminação. Peço perdão.

Quarenta anos interpretando personagens no palco e na vida, aos setenta, o figurino não me servia mais. Cabia na roupa – o corpinho ainda era o mesmo –, porém o rosto que me encarava no espelho tinha o olhar atônito.

Sinal indiscutível, tive a derradeira epifania.
Ao assumir meus cabelos grisalhos, o conjunto da obra se encaixou. O quebra-cabeças (real e figurado) desenhou outra paisagem na moldura. Iluminada e lunar, ao mesmo tempo supernova e familiar.

Era Maria Stela de Lima e Campos Azevedo, enfim, de volta para casa. Como encarar?! Acontece que me encontro na adolescência da velhice, com as mesmas tais inseguranças e a praia de um incerto futuro à frente.

Os setentinha são inacreditáveis como um peixe voador; um disco voador; um circo voador. Capotei. Desisti. Resisti. Fiz amigos e certamente, inimigos. Com Tom Waits, achei-me a cada passo, eu quero, eu posso, eu faço.

Acendam as luzes do teatro que amanhã eu vou voltar. *Caidaça*, mas vou voltar, eu que na verdade nunca fui.

Nasci e morei da infância à adolescência em São Paulo, no Alto de Pinheiros. As ruas do meu bairro tinham nomes de povos indígenas. *Morás. Tamanás. Iquitos. Macunís. Zaparás.* Alto de Pinheiros, residencial da City, em priscas eras era assim.

Morei em Paris, no *7ème* na *rue de L'Exposition*, onde jorra o clássico chafariz. Em Andaluzia, na *finca Canillas del Albaida*, doce vilarejo mouro da Costa do Sol. No Rio, vizinha do Bruxo do Cosme Velho ao lado da Bica da Rainha Maria I, a Louca. É fato. *Maria vai com as outras*, bebeu da mesma água que eu.

Há vinte anos moro na Lagoa, na Fonte da Saudade, um estado d'alma.

Se conto esses detalhes, é por causa dos nomes, são minhas ilhas. A maior maravilha é o sonho por trás dos fatos. Porque, gente, aqui entre nós, o mundo acabou e ainda não cheguei à Ithaca.

Mas quando chegar à Ithaca, espero ter descoberto o que essas Ithacas são.

O paradoxo da mamãe

Um baque.

O Museu da Pessoa em SP exibe no pórtico uma inscrição pré-futurista.

Nossas vidas serão os museus do futuro.
E as histórias de vida serão como as Pirâmides do Egito.

Portanto, folgo em saber que esse dossiê será o tijolinho que faltava na *Miquerinos*. A pirâmide sem pretensões, a menor das três. *Contar a própria verdade é ferramenta poderosa*, bradam as feministas do século.

Essas histórias não mudarão o curso da História, nem glorificarão meu nome. Revelam apenas singularidade. Minha vida, meus mortos, meus sorrisos tortos. Nosso jardim não é o mundo inteiro? Já decantaram o conflito melhor que eu. Luz & Sombra. Razão & Sensibilidade.

Nestes relatos nada selvagens, várias vezes, *o Espelho*.
Prisma. Reflexo. Versões. Revelações. Alter egos brabos.

Na vidraça, no rosto de Afrodite e na moldura dos cabelos brancos. No reflexo de Carmen Miranda. No olhar da filha, no delírio da mãe, no carinho do pai, nos irmãos e amores vãos. Na Laica e na amiga voando pelos ares como Chagall.

Nos palcos levitando, nas vaias e aplausos.
No Modess Rosa Choque e nas gaivotas.

Sem me comparar, longe disso, mas hora dessas inda faço a *Sayonara*.

Cerimônia nipônica da despedida do trem. O público na plataforma vai acenar lenços brancos para a passagem do comboio *Chica-Chica-Boom* e ouvir como papai ouvia – em altos decibéis – minha voz cantar Carlos Gomes, em seus agudos triunfais. Fui. No desfile, meus heróis em gerúndio, mas sem os vícios de linguagem:

Subversões agitando a bandeira do arco-íris na frente da locomotiva.

A Verdadeira Falsa Cantora levitando acima do trem.

Tom Waits de carona, Falabella Lôra Má de maquinista e *Caidaça* em cima do piano bar.

Dercy mostrando meus peitos sexagenários e *Felissa* mostrando a xoxotinha.

Carlota Joaquina gritando da janela: *eu te odeio, Juan!*

Xicotinho e Salto Alto na primeira classe.

Geoffrey Rush *sending love from far away.*

A neve de Natal caindo no vagão de Ipanema.

Dulce chorando pela filha adolescente suicida nos trilhos do trem.

A Madrinha Embriagada vomitando no toilette.

A Mulher à beira de um ataque de nervos.

Os edrioftalmos do Satie no trem de carga dos malacostráceos.

A cafetina *Stella Models* comendo sushi com um velho cliente.

E *Dona Álvara*, às gargalhadas, na varanda do último vagão.

Reconheceu algum dos personagens? Gostou, não gostou? Tudo bem. Quem me viu, que tenha se visto refletido neles, se fortalecido ou se divertido. Dá na mesma, porque teatro não é efêmero, é eterno; e cinema é a maior diversão.

Imagem de trem é clichê, sai dessa, impostora! Chato pra kct esse final! (minha voz interior aos gritos, sem papas na língua, me dando qual é)

Podem me chamar de hipócrita, mas de *impostora*, não. Sou atriz, nesse sentido, a hipocrisia faz todo sentido. Apresento os fatos como se verdade fossem; no meu caso, na verdade, é verdade.

Na vida, nunca sei se conduzo ou sou conduzida.

Um baque, a percepção do paradoxo da mamãe.

SUBVERSÕES
KKKK
EU TE ODEIO JUAN!!

GEOFFREY RUSH
LONDRES
LOURA MÁ
CHICA CHICA BOOM

Epílogo

Ninguém vai acreditar. Hoje é sábado, 9 de janeiro.

Estávamos eu e Juan – o filhote minúsculo – tomando a fresca da tarde quando de súbito, no trancetê de insetos e alvoroço dos pássaros, ela voltou.

Quatro meses após sua primeira aparição, a ave deu bobeira *outra* vez. Trouxe de novo o jantar no bico e soltou o coitadinho na laje. Dessa vez, esturricado. *O que é isso, afinal? Chuva de peixes?* Que coisa. Na pandemia, a Gaivota enlouqueceu. Como pode o peixe vivo viver fora d'água fria? Já sabendo a resposta, encafifei.

Arquivo natural das emoções geológicas, o peixe nas alturas é meu fóssil particular. Difícil acreditar; mas acredito que foi assim. Vinte anos de Lagoa e o dito me aparece pela primeira vez, duas vezes seguidas? Ululante. Uai.

Em setembro, o peixe largado em sangue vivo. Que susto! Sinal de sorte, amém. Agora em janeiro, a gaivota me traz um *res-se-ca-do*!? Como assim? Frito. Finalizado.

Com 126 dias de intervalo entre um e outro? Nem mais nem menos. Claro!

_ *É a ave me mandando mensagens!*
Nem oráculo pode negar, nem o tapa da pantera.

Nesse período precioso, depois de vasculhar vestígios de sonho, deveria completar o dossiê. Entendi.

Peixe no prólogo e no epílogo, botei um ponto final. Narrativas, encerro aqui meu tributo. O que me coube nesse espaço de tempo? 11.911 palavras. Número cabalístico.

Tempo/Espaço relativos, coube o que me cabe neste latifúndio. Meus sinais.

Em latim do papai. *Alea jacta est. A Sorte foi lançada.*

As gaivotas da Sacopã hão de pescar outras memórias. Que deixem cair histórias! Não mais na minha, mas dessa vez, na cabeça de vocês.

FIM

Um peixe nas alturas
Stella Miranda

Edição: Adriana Maciel e Jul
Produção Editorial: Jul
Projeto gráfico e revisão: Marcus Groza
Imagem de capa: Geléia da Rocinha
Ideia da capa: Gringo Cardia
Ilustração p. 47: Rosilene
Ilustração p. 78-79: Cristina Tati

Dados Internacionais de Catalogação na Publicação (CIP) de acordo com ISBD

M672p Miranda, Stella

Um peixe nas alturas / Stella Miranda. - Rio de Janeiro : Numa Editora, 2023.
86 p. : il. ; 14cm x 21cm.

Inclui índice.
ISBN: 978-85-67477-57-2

1. Literatura brasileira. 2. Contos. I. Título.

CDD 869.8992301
2023-3401 CDU 821.134.3(81)-34

Elaborado por Odilio Hilario Moreira Junior - CRB-8/9949

Índice para catálogo sistemático:
1. Literatura brasileira : Contos 869.8992301
2. Literatura brasileira : Contos 821.134.3(81)-34

Este livro foi composto em Dolce Vita Heavy (título) e Alegreya Sans (textos) e impresso em Pólen Natural 80g, para a Numa Editora, em 2023.